우물 속에서
뜨는 달

우물 속에서 뜨는 달

초판인쇄 | 2020년 6월 1일 초판발행 | 2020년 6월 10일
지은이 | 이나열 주간 | 배재경 펴낸이 | 배재도 펴낸곳 | 도서출판 작가마을
등 록 | 2002년 8월 29일(제 2002-000012호)
주 소 | 부산광역시 중구 대청로 141번길 15-1 대륙빌딩 301호
        T. 051)248-4145, 2598 F. 051)248-0723 E. seepoet@hanmail.net

ISBN 979-11-5606-149-6 03810 ₩10,000

※ 이 도서의 국립중앙도서관 출판예정도서목록(CIP)은 서지정보유통지원시스템 홈페이지
   (http://seoji.nl.go.kr)와 국가자료공동목록시스템(http://www.nl.go.kr/kolisnet)에서
   이용하실 수 있습니다.(CIP제어번호: CIP2020021175)

※ 본 도서는 2020년 부산광역시, 부산문화재단 지역문화예술특성화지원 '부산문화예술지원사업'
   으로 지원을 받았습니다.

작가마을 시인선 41

우물 속에서 뜨는 달

이나열 시집

도서출판
작가마을

손가락으로 달을 가리킬 수는 없다.

언어로 달을 가리킬 수는 없다.

손가락을 버리고, 언어도 버리고, 말(言)마저 버리고

달 속에 들어앉아 달빛을 받으며 집을 짓는다.

시의 소담한 집을 짓는다.

언어 아닌 언어로 달빛 집을 짓는다.

시는 언어 아닌 언어이다.

2020년 봄

이나열

이나열 시집

작가마을 시인선 ㊶

차례

우물 속에서 뜨는 달

제2부

이나열 시집

작가
마을
시인선
㊶

차례

우물 속에서 뜨는 달

제4부

우물 속에서
뜨는 달   이나열 시집

제1부

봄의 소리

지난겨울 꽃 진 자리에 깃들은 꿈들이 나뭇가지 사이로
통통 튀어 오른다
새싹이 두꺼운 흙을 밀어 올리는 소리가 이제는 귀에 잘 들
린다

오늘은 매화나무에 꽃봉오리들이 탐스럽게 몽글어 오르는
모습을
한참을 황홀하게 바라보았다
이 봄, 꽃나무 하나에 또다시 살아가는 기쁨을 알게 되고
이 봄, 들꽃 한 송이에 삶의 생동하는 기운을 충전 받으니

온갖 나무들과 꽃들이 떠들썩 소망에 들떠 있다
천지를 새롭게 가꾸어 보자고 우수마발이 다 야단인데
내가 어찌 끼어들지 않을 수 있을쏜가

변함없이 반복되는 일상은 신의 은총
그 속에서 날마다 새롭게 나를 바라본다
이 봄, 나무 한 그루, 풀꽃 한 송이 속에서 다시 태어나나니

갈대꽃

빗물이 달려오다 처마 끝 기왓골에 멈추더니
똑똑 떨어지며 나의 척추를 두드린다
나는 가부좌를 틀고 몸을 곧추 세운다

수직으로 떨어지는 빗방울은 나의 자세를 묻는다
하나 둘 다시 들어서는 나의 척추
곧은 몸을 세우고 오래오래 걸어가리라
빗방울이 지나가니 황톳길도 후드득 깨어난다

깊이를 알 수 없는 늪의 바닥을 차고 피어나는
갈대꽃이 보여주는
억만년 깊숙한 늪의 내면

갈대밭 늪지에 숨 쉬고 사는 것들이
구멍마다 꿈틀거릴 때
갯지렁이, 짱뚱어, 농게가 검은 뻘밭을 기어갈 때
느껴지는 작은 신들의 숨결

새빨간 노을을 쏟아내는 포구를 향해

저어새 기다란 주둥이로 노를 젓다가

잿빛 하늘을 높이 날더니

펄 바닥에 기어가는 작은 생명들을 잽싸게 집어삼킨다

책상 하나

사막엔 책상이 하나 있다
책은 기다리다 사막에 묻혀버린다
한 줄도 읽지 않은 책
책 속엔 글이 있어도 글이 없다
책은 텅 비었다
읽지 않아도 나는 다 읽는다
글자는 공허한 것
글자는 모래다
풀풀 바람에 날리는 모래다

책상은 할 일이 없어도 그냥 있다
책을 읽지 않아도 책상은 있다
그냥 그렇게 있어야 한다
책을 안 읽어도 읽는 것이므로
너무나 필요한 책상 하나
불어 오가는 모래바람에 떠 있다
사막 위를 걸어가는 사람
책을 읽지 않기 위해
책상에 앉지 않기 위해

오늘도 먼 길 마다 않고 걸어 다닌다
사막 위를 마냥 걸어 다닌다

나의 모래 서재엔 덩그머니 책상만 하나 있다

마스크

코와 입 밖에 없다
비밀스런 몸속으로 들어가는 길
오장 육부가 비로소 말을 한다
극한 상황일 때, 바닥일 때
생존의 존재들이 밖으로 튀어나온다

내장이 뱀처럼 기어가고
붉은 심장이 2박자로 땅 위에서 춤추고
허파가 우산을 쓰고 길을 간다
나는 살아남기 위해
무릎으로 땅 위를 포복한다
기어가다 똑같은 나를 본다
모두들 똑같은 나를 본다

너와 나 가려진 얼굴
페르소나, 너의 얼굴에서 나를 본다
나의 그림자, 나의 어두움
너에게 나의 가면을 잘 씌우기 위해
고도의 훈련을 주문한다

가려지지 않는 나의 그림자

그림자가 있기에
나는 나를 더욱 끌어안는다
이해는 하지만 멈추지 말라
거기에 머물지 말라
끌어안으며 높이 올라가는 길
사다리를 받쳐주는 어머니는 위대하다

새는 날아가고

빗발치는 총알 하나가 날아가다 격전지 나무둥치에 박혔다
나무는 심장에 총알을 맞아 평생 멍에를 지고 살았다
커다란 옹이로 박혀 쓸쓸하게 저물어간다

새가 날아가다 머리를 유리벽에 부딪쳐 추락했다
유리벽은 총알이다 새는 눈이 멀고
하얀 동백꽃이 피었다
하늘 가득 날아가는 수만 마리 새가 된 동백꽃을 보았다

아버지의 총구에서 빗나간 그 총알
쓸모없는 아버지의 나무는 잎을 길러 커다란 그늘을 만든다
여름날 나그네가 땀방울을 식히는 쓸모없는 쓸모를 만든다
그 나무 아래 새들이 깃을 치고
전쟁은 끝나고 가슴에 탄알을 안은 아버지

눈먼 새는 총알이 되어 벽을 뚫었다
고층 아파트 유리창이 와장창 부서져 버렸다

그리움

누구든 본성을 향한 그리움이 있어
영혼의 고향에 대한 그리움이 있어
그렇게 허한 가슴을 비벼대는 것이다

황량한 벌판을
내달려가는 바람 소리
아우성치는 파도 소리
그 소리 깊숙이 아래로 침묵을 찾아간다

시간과 공간이 끊어진 자리
달빛이 내 몸속으로 찬란히 스며 들어오고
고래 배 속으로 내가 들어가
한가로이 숨 쉬는 소리가 들려온다

아득히 먼 지구 저편 어머니 우주가 시작되었듯이
머나먼 자궁 속에서 내 몸의 세포가 춤추고
나무와 산과 강이 섞여들어 하나로 춤춘다

발바닥 보다 더 깊은 영혼의 고향으로부터
나를 벗어난 나의 그리운 목소리 들려온다

그가 오고 있다

그가 다시 오고 있다
수많은 대답 속에 다시 오고 있다

울타리 넘어
구름을 이고 꽃술을 입에 물고
씨방 속에 까아만 씨알로 영글어
담장 너머로 천천히 오고 있다

저녁노을 감홍빛으로 세상은 내려앉고
절대 세계를 지나 상대 세계 속에
물음표로 다가오고 있다
색즉시공 공즉시색色卽時空 空卽時色
당신에게 아름다운 색色을 보여 주겠습니다

(무지갯빛 스란치마
아름다운 색깔을 내게 보여주세요
천연색 색연필로 당신의 얼굴을 그립니다
이 세상 아름다운 빛깔
다 나타낼 수 있도록 내게 어서 오세요)

〉

그가 오고 있다

하얀 장미꽃이 피어나는 속도로

폭포

폭포는 바위를 파고든다
폭포는 바위에 포옥 안긴다

바위는 뚫리기 위해 존재한다
천년을 내리 꽂으며 바위를 뚫는 물

한 방울의 물방울이 바위를 뚫듯이
꿈은 그렇게 꾸어야 한다

빠른 속도로 살아가는 세상
우리는 지난한 꿈을 잃어가고 있다
거리를 질주하는 자동차의 세찬 물결
빈틈없이 움직이며 대량 생산하는 기계
자동차를 버리고
자동생산 기계를 버리고
한 번씩 생각을 뒤집어 보자
물구나무서기를 하며 세상을 거꾸로 보자

꿈은 한 송이 꽃과 같은 것

시나브로 시나브로
꽃의 자연스러운 속도로 피어나자

햇빛을 가리는 산을 삽으로 퍼서
자손 대대로 옮기는 꿈을 가진 우공의 이야기
어리석음은 지극히 현명한 것

목마른 바위는
떨어지는 물을 천 년 동안 만 년 동안 받아먹으며
천천히 모래로 해방이 되어간다

또 다른 방

책이 쏟아져 내린다
책이 쏟아져 내린다
나의 책에는 날개가 있고 뿌리도 있어
하늘에서 쏟아져 내리고 땅에서도 자란다
책이 풀처럼 자라나 방바닥이 풀밭이다

내겐 방이 하나 더 있다
날아다니던 책은 옛 성곽 돌담처럼 쌓여있다
책은 퇴적암처럼 쌓이고
사이로 강물이 흐르고 물고기가 뛰어놀다
고생대 지층에 숨어들어 삼엽충이 된다

나는 책을 읽다 책 속의 글자가 되어
잠들어 버린다
꿈속의 나비가 되어 훨훨 날아다니다
어느 날은 나비의 꿈속에 들어가 꿈을 꾼다

깊은 어두움 속 텅 빈 대지를 만난다
거기엔 책이 가지런히 꼽히고도 텅 비어

책이 한 권도 없다

나는 심심해 하루 종일 차나 마신다

나는 빛을 꿈꾼다

잃어버린
나를 더듬어 찾아간다

가장 위험한 수직 갱도로 내려간다
땅속 깊이 다이아몬드가 무진장 묻혀 있다
깊숙이 파고 들어간다
찬란한 빛이 보일 때까지

태어나기 전 나는 나를 묻어 놓았다
땅속 깊은 곳 아무도 모르는
나의 내면 가장 깊숙한 곳에
나의 참된 모습을 숨겨 놓았다
오늘도 나는 지하 깊은 곳으로 파고 들어간다

책장을 넘긴다
밤을 도와가며 하얗게 새도록
오늘도 심층심리 깊은 곳으로 내려간다
영롱한 빛 진주, 나를 만나러
나의 본연의 모습을 잃지 않기 위하여

나의 진주를 지키기 위해

나는 내 안의 참된 나를 끝없이 노래하리라
주위의 풀과 나무와 새와 강가의 모래를
저 푸른 하늘과 내 마음속 눈부신 하늘을
나는 늘 빛 속에서 살면서 빛을 노래하리라

밤 하늘

스스로를 어둠으로 비밀리에 숨기고 있는
모든 것을 밝혀주는 탁 트인 추임새

이 밤중에 별들은 놀란다
자신들이 밝음 속에 빛나고 있으므로
별은 북두칠성 국자다
별은 물병자리 물병이다
별은 물고기자리 외눈박이 가자미다
별은 빛나는 나의 책상이다

나는 가자미 미역국을 국자로 떠먹은 뒤
책상 위에 책을 펴 놓고 즐겁게 읽는 중이다
국화 문양 물병에 하얀 국화 한 송이 꽂은 후

어두움은 멀리 떨어져 있는 별들을 서로 가깝게 해준다
소원해진 너와 나 사이를
떨어진 솔기를 이음새 없이 기워주는 어머니 손길같이 이
어준다
따스한 바람이 은사시나무 하얀 가지 사이로 불어와 나의

볼에 스친다

가까우면서도 멀고 멀면서도 가까운
환하게 열어 놓은 높다란 하늘가에
비밀스레 감추고 있는 깊고 깊은 땅속으로

밤은 하늘같이 열어 놓으면서 땅같이 감추고 있다
밤하늘은 아득한 영혼의, 영혼의 고향이다

바위

바람으로 불어와
사선으로 빗발치며 정신없이 불어와
수억 년 모래바람으로 불어와
단단한 침묵으로 천천히 내려앉는다
천년의 침묵으로 쌓이고 쌓인다

모래와 바람이 갈무리되어
꽃도 버들강아지도 나들이 가다 눌러앉아
흘러가는 강물도 마실 가다 그만 눌러앉고
하늘의 구름, 먼 산울림도 소리치다 들어앉아
천년을 한 모습으로 가부좌하고 명상에 들었다

찬바람 더운 바람 불어 오가고
자자손손 침묵이 누대에 걸쳐 쌓였으니
수천 년 말없는 말을 하고 있다
누가 거기에 머물러 그 말을 들을 줄 아는가
무심히 지나가는 그림자만 있을 뿐

말 없는 말이 쌓여 종소리 되어 울린다

멀리 울려 퍼지는 슬프고도 잔잔한 에밀레종 소리
날개옷 따라 오르내리는 비천상 아련한 종소리
밀레의 경건한 저녁 종소리까지
사바세계 희로애락을 아는 듯 모르는 듯
천년 묵은 신령스러운 종소리, 검은 바위에서 울려 퍼진다

북소리

둥둥둥
변죽만 울려도 북소리 난다
고수는 힘들게 중앙에 발딛지 않는다
수레바퀴는 중앙이 비어있다
그 비어 있는 힘으로 바퀴는 굴러간다

파괴된 자연, 병들어 앓고 있는 지구
깨달았으나 너무 늦었다
지구는 커다란 북이다
둥둥둥 힘찬 소리 울리는 신령스러운 북이다
어리석은 인간은 북을 찢으려는가
먹이사슬에서 가장 위험한 존재는 최종 포식자다

사라져가는 아마존의 숲들, 아프리카의 사자, 코뿔소……
땅속 검은 풀뿌리들 아래 일그러져 있는 신의 얼굴
이젠 변죽을 울리는 지혜로운 고수는 필요 없는가
범상한 울림을 이제 들을 수 없다
둥둥둥 천둥 같은 북소리 사라져 간다

신령스러운 고목, 신령스러운 백두산 호랑이
아름다운 신화는 아스라이 멀어져 간다
대지모신의 목소리는 아득히 기억 속에도 희미하고
옛 마을 새끼줄 두른 당산목도 이젠 전설이 되어버렸는가
신령스러운 북을 오래 간직하려는 꿈은 요원한 것인가

도시의 비

도시의 몰골이 환해진다
회색 건물들이 뒤집어쓴 먼지와 희뿌연 하늘
해골 같은 도시가 파릇해진다

비 내린다
풀과 나무들과 고양이들 아래로
7월의 시작,
연둣빛은 어느새 하늘 아래 가득 찬 녹색으로 바뀌고

발바닥을 적시며 걷는 도시
비가 올 때마다 도시는 키가 자란다
별들은 지상의 꽃과 나무들 꿈 이야기를 듣는다

도시는 다시 고대 도시처럼 기우제를 지낸다
주술처럼 갑자기 비가 쏟아져 내린다

아버지 커다란 손 같은 플라타너스 잎 아래서
아직도 순수한 사랑을 노래하는

빗방울, 빗방울, 음표처럼 떨어진다
설레임으로 가득찬 소나타

책을 읽으면서

비바람 불어 가고
너와 나의 나무들이 자란다
큰 나무 아래 작은 나무는 살아남지 못하고
풀들만이 무성하다
풀들의 아우성, 시대의 바람이 분다

바다는 철썩이며 육지의 어깨를 때린다
시시각각 죽비가 되어 인간들을 내리친다
인간들의 말들이 모래가 되어 해변에 쌓인다
문자는 모래성으로 무너진다
문자는 모래다

책을 읽는다는 것
내가 정성을 다하여 키우는 나무에
한잎 두잎
새 잎 나는 것을 보는 일이다
아름드리 무성한 나무가 될 때까지

세상은 자꾸 무너지는데

무너질 때마다 받쳐 드는 탑
문자를 모아 쌓는 탑은 지극히 아름답다
무너져도 수없이 쌓아 올리는 상아같은 모래탑
하늘 아래 구름같이 나비 떼들 날아간다

수천 년 날아온 새들, 기호같은 발자국들
꽃이 피고 열매를 맺어온
문자가 쌓이고 쌓여 무수한 탑이 되었다 무너진다
시대의 바람이 불어 가고
오늘도 문자는 탑을 쌓는다

합리적인 순간

나비가 날아가다 거미줄에 걸렸다
거미가 지극히 논리적으로 줄을 쳐놓고
집요하게 기다리다
덤벙대다 걸려든 파리를 처연히 잡아먹는다
할 말이 없다 나비는
인정하는 순간 나비는 날아간다

뜻밖의 것, 새로운 것, 변덕스러운 것,
이기적인 것, 일시적인 것, 자폐적인 냉소주의가
판치는 마당

참된 거라곤 돈밖에 없다
나머지는 다 꿈이다
참된 거라곤 망각밖에 없다
나머지는 다 꿈이다
참된 거라곤 불행밖에 없다
나머지는 다 꿈이다
실컷 즐기다가 죽자고

소금 바다의 목마른 갈증처럼

새로운 것만 자꾸 원하는 새 마당 사람들

가난해도 풍요롭던 옛 마을 사람들

이제는 그들의 보금자리가 다 해체되었다

나비가 날아가다

파닥거리는 날개, 파리를 쳐다본다

뒤돌아본 그 순간, 너무나 아름답기에

유리 상자 속 박제가 되어버린

두줄박이호랑나비, 배추흰나비, 검은제비나비

거미가 보이지 않게 자꾸만 거미줄을 친다

물 따르는 법

물병에 있는 물을
찻물 단지에 부을 때는
각도를 잘 맞춰야 해
조금이라도 맞지 않으면
물이 툴툴 소리를 내며
물방울이 튀튀 튀어 나가
출렁이면서 소리가 시끄러워
물병도 덜덜 떨면서
손에도 힘이 들어가

손에 힘을 빼고
물병의 각도를 잘 맞추면
물이 조용히 미끄러지며
순조로이 흐르는데
한 방울 물도 튀지 않고
한 길로 흐르지
손에 힘도 들어가지 않아
잡고 있다는 생각도 들지 않아
물이 흐르는 성질도 알게 되지

〉
그러다 보면
물은 고요히 한길로 흐르는데
팔과 물병과 물이
하나가 되어
종내엔
흐르는 물만 남고
사방이 텅 비어 있음을 알게 되지
움직이지 않고 흐르는 물
직선의 물만 남는다

듣는다

들판의 작은 꽃 한 송이도 온전히 자신을 꽃 피운다
꽃 한 송이 보다 나를 표현해내지 못하는 나
작은 꽃은 나에게 속삭인다
'나처럼 이렇게 피어나라'고
듣는다 나는
소리 없는 소리를

자신을 제대로 발현發現하는 한송이 꽃
우리는 꽃을 예뻐한다
어쩌면 이렇게 자신을 멋지게 나타내는지
하면서

나 자신을 제대로 피우기 위해
서재 창가에
오늘도 꽃 한 송이 정성을 다해 키운다
책에서는 읽을 수 없는 감동을
가슴으로 읽는다
하늘의 비밀스러운 암호를 읽는다

제2부

과수원

꽃가루는 씨방 속에 안겨 분홍빛 꿈을 꾼다
열매는 나비가 되어 푸른 허공에 가득 날아간다

구름은 물관을 타고 사과나무 속으로 두둥실 떠다닌다
강물은 뿌리로 내려와 호두나무에 스며들어 흘러가고
달빛은 배나무에 걸려 한밤중 배꽃으로 피어난다
잠자리는 하얀 사과 꽃잎 하나 물고 바람 속에 앉았다

배나무는 배나무로 호두나무는 호두나무로 자란다
사과나무가 감나무로 자라지 않는다
너는 내가 되어서는 안 되고
나는 네가 되어서도 안 된다

바람결과 물결 그리고 햇살의 사랑으로
땅 밑에 스며든 나는 나만의 둥근 열매로 영근다
마음 밭에 심은 신神의 씨앗은 신神으로 자란다

길을 가며가며

가며가며 걸어가는 길, 땅바닥에 뒹구는 돌멩이
발바닥이 피곤한 나날
고적함 속으로 돌아와 혼자 앉는다
마음마저 피곤하니
다들 똑똑한데 나만 어리석구나

오늘도 길을 가며 나를 나투어 보지만
부서지는 파도, 비바람 몰아치는 강안江岸
마음 가는 길이 여의치 않다

빗물은 강물 따라 흔적없이 흐르고
나도 빗방울 닮으며 흐르려 하지만
영롱한 아침 이슬 맺힌 풀잎
순수는 떠오르는 첫 햇살에 무참히 무너진다

모난 돌멩이 즐비한 길에
다치지 않는 날들을 위하여
가슴을 열고 길을 나선다
하늘이 가슴 가득 들어오고

시퍼런 바다가 하늘 아래 눕는다

추억처럼 자연은 펼쳐지고
당산나무 아래 두 발을 모으고 빈다
만물을 키우는
대지모신 사랑은 모난 돌을 감싸고 감싼다

돌담이 있는 풍경

나는 걸어갔다
그 먼 길을 향하여 찾아갔다
메마른 시멘트 길은 솟아오르더니
멀리멀리 사라져 갔다
오래도록 기억에서 사라지지 않는 풍경
따스한 어머니 젖무덤으로 가는 길
어릴 적 소꿉친구들 모습 물같이 흐르고
조가비와 풀잎들은
하얗게 구름 조각으로 내 눈앞에 부서진다

돌담 틈 사이로
유년의 얼굴들 하나씩 떠오르고
다시 하나씩 바다 언덕 너머로 사라진다
기차는 뚜뚜 길게 멀어져 가고
그리움 속에 먼 고향의 풍경은 생생하게 살아난다
도시가 발달할수록 잊어버리기 쉬운
넓은 들판 같은, 맑은 강 같은 마음씨
고향에 가까이 다가갈수록
빠르게 달리던 나의 생각도 멈추게 된다

〉

천천히 돌담이 있는 풍경에 다다르면

나는 나의 본래 모습으로 돌아온다

정겨운 흙길의 돌담 아래 서면

탁한 나의 모습은 다시 맑아진다

돌담으로 기어가는 담쟁이덩굴 아래 서면

멀리 멀어져간 나의 모습은 제자리로 돌아온다

한밤중에 · 1

모두가 어두움 속으로 잠입하여
옆집 강아지도 들고양이도 나무들도 꽃들도 잠들어
풀잎 하나의 숨소리도 들리지 않는 밤
정신도 숨죽여 적막한 밤
홀로 가부좌로 앉으니
모든 신경은 하나로 모여든다
초점이 한점으로 모아져 드디어 발화점에 도달한다

텅 비어 버리고
한줄기 가느다란 선이 된다
허공에 나선형으로 날아올라
드디어 춤춘다
춤추는 대로 내버려 둔다
날개옷을 입은 비천상이 되어
하늘로 오르고 내리며 마음껏 날아다닌다
날개 끝에서 하나씩 글자가 떨어진다
똑똑 한자씩 떨어진다
시를 쓴다

캄캄한 한밤중에 홀로 앉아
나비처럼 하늘하늘 날아오르는 시를 쓴다

아무 생각하지 말고

그냥 길을 간다
길을 가다 보면 예쁜 돌멩이가 있을 거야
그러면 책상 위에 올려놓고 바라보는 거야

생각을 가지고 길을 빠르게 가다 보면
아무것도 보이지 않으니
바람에 흔들리는 플라타너스
커다란 손 같은 잎도 보이지 않는다

산속 홀로 피었다 소리 없이 지는
구절초 하얀 꽃도 지나치게 된다

가짜를 벗고 벗어 집어던지자
겹겹이 입은 옷을 벗고 벗어 버리자
진주를 캐자
누구든 깊고 깊은 내면엔
찬란히 빛나는 진주가 숨어 있으니

오늘도 본성을 따라

나를 나타내며 길을 가나니

옛 고향에 두고 온 나를 찾아갈 뿐이다
태어나기 이전의 나에게로 돌아갈 뿐이다

한밤중에 · 2

침묵이다
나무들도 새들도 꽃들도 말이 없다
귀뚜리마저 소리를 삼킨 적막한 밤
홀로 가부좌로 어둠과 대면한다
나의 신경은 모두 하나로 모여든다
한점으로 모여들어 드디어 불붙는다
책 속의 글자들이 공중에 연기로 사라진다
나의 의식도 정점으로 모여들어
허공에 흔적 없이 사라진다
내가 텅 빈다

비어가는 시간과 공간
나의 모든 경계도 허물어지고
캄캄한 한밤중에 나는 나를 떠난다
수없이 떠나고 떠난다
텅 비어버린 뒤
저 깊은 우물 속에서 참된 나가 드러난다
진아眞我가 보이고
네가 보이기 시작한다

세상이 보인다
태평소, 북, 장구 소리 들린다
어울어진 축제의 밤이다

팽이

돌아가다 돌아가다 지칠 때까지 돌아간다
그대의 사랑이 다 소진될 때까지
딱 그만큼만 정확하게 돌아가다 지쳐 쓰러진다

쓰러진 등 뒤로 지구는 변함없이 돌아가고
나무는 잘도 자라고 태양은 서산 넘어 한가로이 기운다
우물 속에서 한 남자 천천히 걸어 나오고
그대 없으면 제대로 걸어갈 수 없다고
그대 향한 사반세기의 세레나데를 불렀다

달빛이 우물 속에 수심처럼 가득 차고
태양의 그림자가 가장 짧아졌을 때
그대는 검은 우물 속으로 빠르게 사라졌다

내가 그대의 그늘을 벗어난 뒤로
매화, 장미, 국화꽃은 계절 따라 더욱 잘 피어나고
나는 꽃그늘 아래 홀로 서서 빙빙 돌아간다

쓰러질 듯 쓰러지지 않고

자신의 힘이 다할 때까지, 자신의 힘을 넘어서서
나 스스로 빙빙 돌아간다
죽음을 넘어 저 언덕 너머로 스스로 빙빙 돌아간다

장마 · 2

천지가 적막하다
서로 부딪치는 소리뿐이다
다 삼켜 버리고
달빛도 삼켜 버리고
나도 삼켜 버리고
캄캄한 세상
캄캄하게 비 내린다

씻겨 내린다
내가 씻겨 내린다
씻기고 씻겨 내려
지루하게 씻겨 내려
캄캄하게 씻겨 내려
드디어
맑아진 얼굴
둥근 달이 떠 오른다
어두운 하늘에 환하게 떠 오른다

구름 뒤에 숨어 있는 달

우물 속에서 뜨는 달

그 달을 찾으러 간다
서녘 하늘로 끝까지 찾으러 간다

신발

물 위를 걷는다
젊은 예수가 맨발로 물 위를 걷는다
지상엔 길이 없다
길 없는 길을 찾아라

길이 부서진다
바다에서 하얀 포말을 일으키며
마구 부서지는 길 위에
새파란 물길이 다시 선다

허공에 풍란이 걸어간다
소엽풍란, 대엽풍란이 줄지어 걸어간다
지상의 가진 것들 다 버리고 나니
공중의 길이 다 그들의 것이 되었다
눈부신 하얀 왕관을 쓰고 허공을 우아하게 걷는다

문밖을 나서면
수없는 길이 다가와 눈앞에 마구 부서진다
나는 신발 뒤축부터 닳는 게 아니다

길을 빨리 걸으려고
앞으로 기울어져 다니므로
앞축부터 무참히 닳는다

신발을 거꾸로 신고 뒷걸음 쳐본다
무게중심을 등 뒤에 두고
천천히 아주 천천히 걸어 본다
오간데 없는 길
길 없는 길
허공에서 찾는다
바다에서 찾는다

섬

뭍에 태어난 것보다 더 강인할 수 있다고 독백을 한다
외로움이 수없이 몸에 퇴적되어 홀로서기에 더욱 발돋음
한다
섬에서 자란 태양은 누구보다 먼저 저 수평선 너머로 건너
간다

뭍으로 뭍으로 향하는 그리움은 파도를 낳는다
파문져 전해져 가는 물결
수천 너울져 가는 물결은 대지모신大地母神에게로 향한 지
극한 그리움이다
뭍으로 가는 파도는 섬에서 보내는 푸른 메세지

섬지렁이, 실지렁이, 갯지렁이가 꿈틀꿈틀 기어간다
힘없지만 꿈틀꿈틀, 죽어도 용틀임하며 한마디 한다

섬에 내리는 비는 수평선 넘어 내리는 장대비다
바다 끝까지 고독한 장대비다
섬에 내리는 비는 바다에 커다란 장막을 친다

치솟아 구름 위로 비단구름, 새털구름이 된 섬들이 둥둥 떠
다닌다

* 대지모신(大地母神) : 모성, 생식력, 창조성 또는 대지의 풍성함을 상징하는
　여신.
* 대지모신사상 : 땅이나 자연을 어머니처럼 신성시하는 사상

열린 문 뒤에는 닫힌 문이 있다

환호성 바로 그 뒤에 위험은
어두운 밤 굶주린 늑대처럼 두 눈에 불을 켜고 있다
입이 커다란 아궁이처럼 엎드리고 있다

아궁이에 불을 지펴라
구들장 골에 불이 잘 스며들도록
장작의 각도를 잘 맞춰야 한다
그 절묘한 각도를 터득해야 한다
새벽까지 구들장이 따뜻하려면
꼬박 앉아서 한 몇 시간 검정을 뒤집어써야 한다
그렇게 한가지로 매일 되풀이하다 보면
한 계절 그러고 나면 좀 알 것이다
따로 수행할 필요가 없지
불이 춤추는 추임새와 어우러져
내 마음을 나누다 보면
마음속 추한 찌꺼기는 어느새 불타 허공에 사라진다

수많은 문을 열고나서야 알게 된다
비로소 내 마음이 보인다는 것을

이 세계가 비밀의 정원 문을 조금 열어 보인다는 것을
비밀의 정원 한 모퉁이를 산책하려면
나도 모르게 닫아버린 문들을 수없이 열어야 한다는 것을
환호성을 지른 그 뒤에 수없이 닫아버린 문이 있다는 것을

그대를 기다리며

생각은 끊임없이 이어진다
강물이 흐르듯이 빠르게 흐른다
감성의 속도도 하염없이 빠르다
1초 전의 강물이 이미 지금의 강물이 아니듯이
그렇게 흐르고 흐른다
그대여 내게 빨리 다가오라
생각은 빠르게 변해간다
너를 생각하는 시각에 잽싸게 오라
너와 나 맞아떨어지는 감성이 만나는 지점에
우리 기막히게 만나자
퇴색한 박물관 유물이 되기 전에
다른 세상으로 내가 다시 태어나기 전에

오늘도 나는 순간마다 순간을 살고 죽는다
세포가 쓸모를 다하고 수없이 다시 살아나듯이
순간마다 나는 수없이 다시 태어난다
다시 태어나기 위해
잘 죽는 것은 언제나 중요하다
잘 죽자

죽을 때 나는 행복하다
잘 죽기 위해 오늘도 나는 열심히 산다

그대여 내가 죽기 전에 어서 내게 오라
기다리다 안타깝게 강물에 내다 버리는 사체들이 되기 전에
나는 오늘도 수없이 너를 창조한다

나목裸木

허공을 가르며 들어가 촘촘히 뻗어가네
바짝 거머잡은 손가락들이 더듬어 뻗어가네
물이 땅속으로 스며들 듯 스며드네
바위 속으로 뿌리가 스며들 듯 스며드네

가지들 허공을 가운데 품고 빗살처럼 치열하네
허공이 있어야 존재가 비로소 힘이 나듯
허공에 가득 찬 힘찬 가지들
허공 속에 더욱 빛나는 존재들
숱한 가녀린 가지들 실루엣으로 은은히 빛나네

가을날 수많은 잎 떨어지고 나니
비로소 드러나는 발가벗은 몸들, 몸들
텅 빈 허공 속에 고요히 정지해 있구나
찬바람 맞으며 자신을 냉철히 들여다보고 있구나
오는 봄 거듭나기 위해
고독한 수사처럼 길 위에 의연히 섰다

너는 허공에서 나와 허공으로 돌아가니

허공을 온몸으로 껴안고 나에게로 다가와

하늘로 가는 길을 가르쳐 준다

직립으로 뻗어가는 날개 아닌 날개

하늘로 치솟는 숱한 수직선의 날개들

단추

동쪽과 서쪽이 만나 얼굴이 된다
뜨는 해와 지는 해가 만나 오늘이 되고
왼쪽과 오른쪽이 만나 사랑이 된다
처음과 마지막이 어긋나 이별이 된다

손가락이 되어 너를 닫으면
흐트러진 마음이 제자리에 들어서고
발가락이 되어 너를 열면
피곤한 몸은 하루의 노동에서 해방이 된다

주석*으로 된 너를 잠그지 못해
추위에 얼어 죽은 지난날 나폴레옹의 병사들
너도 전쟁을 싫어하는구나
전쟁이 끝난 뒤에도 전쟁을 앓고 있는 사람들
너는 한밤중에 다 벗어버린 평화의 메시지를 보낸다

아침에 나가 저녁에 돌아오는 너
오늘은 잘 살았는가
너와 나 제 갈 길 잘 걸었는가

모두에게 안부를 물으며
너는 블랙홀 깊은 어두움 속으로 사라진다

서로 헤어지고 만나며 사랑의 탑을 쌓고
서로 만나고 헤어지며 많은 사건을 일으킨다
오늘도 너와 나의 만남으로 영혼은 더욱 깊어지고
너를 열고 닫으며 기나긴 삶의 강물은 흘러간다

＊나폴레옹 군대가 추위에 강한 러시아 군대와 싸울 때 추위에 약한 프랑스 군대
의 군복 단추가 주석이었는데 주석은 온도가 낮으면 부서져 버리기 때문에 옷
을 잠글 수 없어 프랑스 군대가 추위에 얼어 죽었다. 나폴레옹 군대는 참패를
했다.

마땅히 내가 할 일이었지요

그 먼 전라도 땅에 발령 받아
자원하여 가던 날, 40여 년 전 그날
가장 낙후된 그 땅에
내가 가서 할 일이 있다고
어깨에 훈장처럼 사명감을 가지고 갔었습니다

허기져 서너 공기씩 밥을 퍼먹던 아이들
이유를 나중에서야 알았습니다
초콜릿을 신기해하며 처음 먹어 보던 아이들
물감을 살 수 없어 선생님께 야단을 맞으면서도
그 이유를 절대로 말하지 않던 아이들

농번기 때 일손이 모자라
학교에 아이들을 보내지 못해 미안해하던 부모들
상급 학교로 갈 등록금이 없어 직업학교로 간 아이들
사회에 나와도 대학교를 졸업한 아이들보다
곱빼기로 일을 해야 했던 서러움을
나는 가슴을 뜨겁게 적시며 들었습니다

이제 어른이 되어 다들 의젓한 가장이 되고
알뜰한 어머니가 되어 나를 찾아옵니다
눈물로 얼룩지던 씀바귀 쓰디쓴 그 시절을
이제는 그리운 추억처럼 이야기합니다

늘 푸른 소나무처럼 강인하게 살아온 이야기를 들으며
해준 것은 없어도 꿈은 심어 줬던가
장작으로 군불을 지피며 십여 년간 자취를 해도
하나도 힘들었던 기억이 없는
그 낙후된 땅에 간 일은
지금 생각해도 내가 마땅히 할 일이었습니다

사문진沙門津

 사문진, 사문진, 모래사장에 수많은 모래알이 태어난다
 어머니는 모래 아이들을 데리고 지구 밖 저 깊은 우주의 심
연 속으로 달려간다

 한 바다를 지나 낙동강 물길 따라 찾아온 피아노는 물소리
를 울렸다

 귀신통이라고 했다 낙동강은 귀신 울음소리를 담아 칠백
리를 굽이쳤다
 코스모스도 님 그리워 성급하게 피어나 언덕 넘어로 그리
움 바람 몰아 찾아오는데
 님 떠나는 나루터 피아노 소리가 나의 마음을 울리고 소리
는 쓸쓸했다
 저녁노을이 새털구름, 비늘구름, 비단구름 모두 불러 모아
하늘 가득 붉게 물들이는 이별의 순간은 장엄하고 장엄하다
 님은 슬픔을 가슴에 묻어버리고 눈물도 없이 비장하게 떨
치고 서녘으로 처연히 넘어간다

* 사문진 : 대구시 달성군 화원읍 성산리 낙동강변에 있는 나루터. 조선시대에 왜
        의 상인과 무역이 활발하게 이루어지던 곳. 피아노가 우리나라에 이곳
        으로 처음 들어 왔다.
* 피아노를 처음 본 사람들은 통에서 소리가 난다고 하여 귀신통이라 불렀다.

제3부

첫 새벽

첫 새벽 골목길은 깨끗하다
누가 밤새 빗자루로 쓸어 놓은 것 같다
누가 밤새 새 기운으로 바꾸어 놓았다

우주의 운행이 새로 시작하는 시간
새 기운이 약동하기 위하여
아직은 웅크리고 있는 시간
때 묻기 이전의 자리, 때 묻지 않은 시간
때 묻지 않은 찬바람 싱그럽다

어제의 잘못에 묶이지 말라고
새롭게 오는 오늘을 먼 하늘 향해 활짝 펼치라고
하느님이 새 길을 만든 것 같다

우물 속에서 뜨는 달

길이 길을 걷어서 길을 지운다
돌돌 길을 말아 하늘에 건다
북두칠성이 된다 북극성이 된다
북극성은 나침판이다
북극성은 다시 길이다 하늘길이다

길을 만들며 항해를 한다
길이 지워지고 다시 길이 일어선다
망망대해 북극성은 항구의 등대다
등대는 길이다
길을 다 지우고 나면
등 푸른 지구가 엎드려 있는 게 보인다

우물 속으로 두레박을 내린다
거미줄 같은 수많은 길이 얽힌다
두레박줄을 끊고
그 길을 다 걷어내면
숨어있던 달이 보인다
둥근 달이 떠오른다

우물 바닥에서 커다란 달이 떠오른다

먹구름이 다 걷히고 나면
내 마음 깊은 곳
비밀스레 숨어있던 달이 뜬다
마음 속 우물 바닥에서 둥근 달이 떠오른다
둥글고 밝은 달은
구름을 헤치고 천천히 하늘길을 간다

물 속에 길이 있다

구름이 떠간다 소털구름이 흘러간다
비단구름을 타고 송아지가 울며간다
누가 신발을 버렸나
모자도 떠내려간다
하늘길이 물속에 있다

길은 없다 어디에도 길은 없다
그러나 길은 있다
나답게 살아가는 것이 나의 길이다
물속에 길이 있다
미역이 걸어간다 모자반이 걸어간다
밀물과 썰물 사이에 청각이 뛰어간다

물고기가 가는 물길은 하늘길이다
물고기자리는 지구를 쳐다보며 돌고 돈다
지느러미를 요동치며 고향으로 간다
물길은 회귀 본능의 길이다
연어는 아득한 본향으로 돌아간다
태평양 한가운데서 어릴 적 태어난 곳을 찾아

수만 리 길
남대천으로 찾아온다
알을 낳기 위해, 알을 낳고 죽기 위해
다시 태어나기 위해
어릴 적 아스라한 기억을 더듬어
영혼의 고향으로 찾아온다
흐름을 거스르며 목숨을 넘어 찾아온다

영혼의 고향, 집으로 돌아가는 길이다

폭염 일기

종일 뜨겁게 퍼붓는 햇님의 막무가내 사랑에
달구어진 몸을 어쩌지 못해 밤새 바다에 칭얼대던 대지

자욱한 해무
그 시퍼렇던 바다도 이른 아침이 되니
주홍빛으로 물들어 허공에 아침노을을 만든다

바다의 커다란 눈동자에 눈물이 그렁그렁하다

대지는 그러다가 다시 가버렸다
나는 그만 바다를 끌어안고 바다와의 추억, 조가비를 하나
둘 주웠다

바다는 파도로 수없이 다가와
나의 발자국을 지우고 나는 또 발자국을 찍으니
흰 구름이 살포시 내려와 나를 안고 하늘로 날아간다

폭염은 바다를 숨 막히도록 가두고
언덕으로 칙칙폭폭 기차는 떠나간다

〉
바다는 자꾸 구름을 만들며 하늘로 끝없이 달려간다
하늘 가득 시뻘건 그리움 토해내며

길 없는 길

파도 친다
바다는 지상의 수 없는 길을 지우느라
쉬임없이 파도를 몰아친다
길 없는 길을 만드느라
그렇게 오늘도 파도를 몰아온다

길을 가다가 나는 그만 주저앉아 버렸다
길이 갑자기 폭풍에 날아가 버렸기 때문이다
지상엔 길이 있어도 길이 없다
하늘엔, 바다엔
하얗고 파아란 길이 있다
나는 오늘도 바다 앞에 선다

발가락에 다가오는 파도 자락
잠시 내 발가락을 어루만지다 사라진다
파도는 내게 길이란 없다는 것을 가르쳐 준다
진정한 길이란 눈에 보이지 않는다고
길은 허망할 뿐이라는 것을

길은 어디에도 없으며
내가 걸어가는 길만이 길이라는 것을
난 나만의 길을 만들기 위해
오늘도 나의 내면 깊숙이 바닥까지 침잠한다
앞서 간 모든 길을 등지면서

진초록의 나라

나무들 늘어 선 숲길을 걷는다
진초록 나뭇잎엔 그늘이 많다
진초록은 색깔이 오래 묵어 귀신이 산다
신령스러운 기운이 춤을 춘다

나무 그늘 아래 숨을 고르며 가만히 앉아 본다
생각은 끊어지고 들숨과 날숨만이 들고난다
새들도 편안히 쉬어가고 바람도 쉬어간다
해맑은 하늘이 날개를 펴고 내 가슴 가득 들어온다

길을 따라 길을 걷다 보면
길이 또 길을 내게 된다
문득 길이 사라지고 길이 끝나는 지점
진초록 나무 한그루 하늘로 걸어 올라간다

나팔꽃 핀 아침

어깨를 툭 치며
나를 알아주는 말 한마디에
피곤한 내 몸이 개운해진다

작은 새들 지저귀는 소리가
커튼을 걷고 창문을 연다

활짝 핀 나팔꽃 아침이
잰걸음으로 길을 낸다

나는 햇살 황금마차를 몰고
그대 사는 마을 향해 눈부시게 달린다

신명 난 하루가 펼쳐진다

종이컵

슬픔이 흙 속에서 흙을 이긴다
흙은 숨이 막혀 썩어 간다
흙의 얼굴이 일그러진다
진물이 생기고 손가락이 문드러진다

꽃은 뿌리를 땅 위로 치켜든다
나비는 구름 위로 날아오르다 갑자기 사라진다
살기 위한 아귀다툼이 피가 되어 흐른다
세상이 뒤바뀌고 검푸른 비가 내린다
허공에 뿌리를 내리는 풍란이 하얀 왕관을 쓰고
신나게 길을 갈 뿐이다

시베리아 벌판 메타세쿼이아 나무들이
종이컵 속에서 원시 바람으로 쏴쏴 쓸린다
나무들의 물관으로 솟아오르는 단물을 마신다
원시림의 사자가 목이 말라 달려온다
나무들의 뿌리가 자라나 머리가 하얗다

1% 순수를 잃어버린 너

너도 버림받아 떠날 곳조차 없구나

검은 피를 흘리며 고름이 터지고

황토 흙이 붉게 병들어간다

드넓은 시베리아 너의 순수를 찾아

마지막 푸르름이 가득한 시베리아로 달려간다

배롱나무

더위와 치근대는 동안 시간은 나무 그림자 뒤로 숨어 버리
고
한동안 꽃 피는 줄도 몰랐다
어느새 배롱나무에 소담스레 나무 우주 가득 선홍빛 꽃 피
었다
꽃분홍색 꽃들이 한 움큼씩 피어나 바람결에 넘실거린다

석 달 열흘씩 품었다가 내뿜는 피 울음
피 울음을 품었다가 쏟아내는 선홍빛 아름다운 빛깔
사랑이 농익어 뿜어내는 빛깔이 저럴까
님을 기다리가 한없이 기다리다
한여름 폭염이 절정을 이루었을 때
폭염과 함께 터져 나오는 뜨거운 서러움일까

바람결에 넘실거리는 자태는 내 가슴을 흔들고
그대 가슴을 황홀경에 빠뜨린다
한 움큼씩 피 울음 머금었다가 되 뿜어내는 뜨거운 빛깔
처절한 사랑이 끝나는 날

천둥, 번개, 소낙비는 하늘 가득 내리치고

두견새는 피 울음을 백일 동안 밤새도록 목놓아 울었다

* 배롱나무 : 목백일홍이라고도 하며 백일 동안 꽃 핀다고 백일홍이라고 함.

빈 그릇

계곡은 어머니 자궁이다
자궁은 그릇이다
비어있는 큰 그릇이다

골짜기는 텅 비어있으므로
모든 것을 받아들인다
허허롭고 고요하다
그대로 다 받아들이고, 그 품에서 길러낸다

대저 모든 그릇은 어머니 마음이다
비어있어 언제나 보듬어 줄 자세로 앉아
무엇이든 안아준다

언제나 기다린다
네가 돌아올 때까지
어느날 문득 돌아온 탕자 이야기처럼

비어있어야 쓸모가 있다
텅 빈 너를 찾아 오늘도 나는 헤메인다

드넓은 들판에 한 송이 꽃으로 홀로 피어

그 쓰임에 차지도 않고 넘치지도 않는다
있는 듯 없는 듯 달빛처럼 은은하게 빛난다

비어있는 것은 힘이다
무엇이든 할 수 있는 신바람 나는 힘이다
신명 난 춤이 절로 나오는

안경

어두움 속 칙칙한 글자들이
내 눈앞에 사라졌다 다시 나타난다
글자들이 작은 새가 되어 날아온다
흐리멍덩한 물건들이 반짝이며 사라진다

어머니 얼굴의 주름살 밭고랑 사이로
개미가 기어간다
까만 깨 같은 개미가 자꾸 돌아다닌다
개미가 점점 많아진다, 더 커진다

종이를 불태운다
글자들을 모아 불태운다
내가 가진 책들을 다 불지른다
팔만대장경을 모두 불사른다

다시 책을 펴면 개미들이 기어간다
전에 읽던 글자들이 아닌 전혀 다른
한 번 태우고 난 글자들은 다시 태어난다

나는 어머니 얼굴 주름살 개미집에서
영롱한 구슬이 된 글자, 책을 읽는다

이 가을에 · 2

이제 대 성찰의 시간을 위하여
나뭇잎들 마음 비우고 훨훨 떠나간다
걸어온 길 하나 둘 되새기기 위해
나무들 벌거벗은 몸으로 엄동의 혹한에
자신을 과감하게 내던진다

다시 새닢들을 더 잘 피우기 위해
뿌리 곁으로 돌아가 눕는다
처음 왔던 길, 흙으로 돌아가
본성의 자리에 침잠의 세계로 들어선다

지난날 비와 바람, 구름의 이야기
새들이 날아와 가지에 머물던
따스한 기억을 영원히 간직한 채
그 미세한 진동을 결코 잊지 않으리

기나긴 추위의 터널 속으로 들어가
자신을 다 벗어 버린다
나뭇잎들 우수수 땅 위로 떨어진다

방하착放下着, 다 내려놓는다

구름과 바람이 스쳐 지나간 자리에
빗방울 떨어지던 감촉이 남아있는 자리에
사랑은 부드러운 상처처럼 슬프게 남아 있는데
이 가을 비움의 철학을 가르친다

낙엽은 바람 따라 날려도 길 떠나지 않는다
다만 태어났던 곳으로 돌아갈 뿐이다
죽는다는 것은 봄이면 다시 새싹으로 태어남이니
수많은 몸들을 발뒤꿈치에 깊숙이 눕힐 뿐이다

사랑은 아직

전쟁은 시작되었다
너의 얼굴 속에서 나의 얼굴 사라진 뒤
포효 속에 붉은 강물 처연히 흐르고
바위를 뚫는 총알 종일 빗발친다
나의 얼굴 속 너의 얼굴은 점점 커져 가는데

내 얼굴 같던 너의 얼굴

전쟁은 끝나지 않고
내 얼굴 속 너의 얼굴은
포탄 연기 속에서도 모란꽃처럼 화려하게 피어나는데
습관처럼 종달새 지저귀고
핏빛 강물은 아는 듯 모르는 듯 흘러만 간다

잿빛 연기가 짙어갈수록
네 얼굴 속 나의 얼굴은 아득히 돌아오지 않고
나의 얼굴 아주 잃어버린 날
지겨운 불안은 공포와 어울어져 계속되고
너의 얼굴은 검은 총포 속에서도 지워지지 않는다

〉
네 얼굴 속에 나의 얼굴 다시 차오르는 날

전쟁은 끝나리라

전쟁이 깊어갈수록 더욱 커져만 가는 너의 얼굴

램프를 켜면

나는 귀신고래를 타고 하늘을 마음대로 날아다닌다
한밤중이면 더욱 밝아져 내 모습이 아주 잘 보인다
서쪽 하늘이 서서히 밝아 오고 동쪽 하늘이 캄캄하게 저문다
밤이 되면 하얀 귀신고래는 별들 사이로 헤엄쳐 다닌다

나는 고래를 타고 구름 사이로 경쾌하게 날아다닌다
날개도 잊어버린 천사는 땅으로 내려와 춤을 추고
붉은 구름이 너울너울 나비처럼 내게로 날아온다
나는 달콤하고도 부드러운 구름 사탕을 실컷 먹는다

밤이 되면 하얀 귀신고래는 누워서 하늘을 날아다닌다
램프를 켜면 귀신고래 하얀 배를 타고 날아다니는
내 모습이 잘 보인다
밤하늘 별들은 지상으로 내려와 무수한 꽃으로 피어난다

억만년 전 태어난 나는 하얀 귀신고래이다
나는 나를 안고 시퍼런 바다를 간단하게 건넌다
시뻘건 구름 속을 뚫고 매서운 비바람을 타고
머나먼 달의 궁전에 도착한다

나의 귀신고래는 보랏빛 달의 궁전에 산다

커다랗고 편안한 하얀 귀신고래는 나의 어머니이다

달빛 같은 먼 나라의 나의 원형 이미지이다

물이 출렁일 때

내가 소녀일 때 우리 가족은 담쟁이넝쿨이
파랗게 뒤덮인 수정동 산복 도로에 살았지
찬 바람 부는 사나운 겨울이면 수돗물이 얼어
시에서 물자동차가 와 물 배급을 주었는데
나는 그때 집안일을 도맡아 했었지

물을 길러 와야 하는데
물동이에 물을 가득 채워 머리에 일 줄을 몰라
무거워서 물동이에 반만 채웠지
그러면 물동이의 물은 출렁이면서 마구 흔들렸어
물은 흔들리면서 앞으로 쏟아질 것만 같았지

출렁이는 물에 내 몸도 흔들려 제대로 가누지 못해
흔들흔들 흔들리며 한발 두발 겨우 걸음을 걸었는데
물은 출렁출렁 흔들리며 춤을 추는데
반동이 물을 길러 몇 번 왔다 갔다 하면
내 몸은 후줄근 걸레처럼 진이 다 빠졌어

물동이에 물을 가득 담고도
똬리를 받쳐 이고 물 한 방울 흘리지 않고
사뿐사뿐 미끄러지듯 걸어오던 동네 아주머니들

그 재주가 어찌나 부러운지 아름드리 높다란 나무인양
내겐 푸르른 선망의 대상이었지

처음으로 나의 한계를 알게 해준
출렁이며 내게 다가오던 물동이 물
그때부터 캄캄한 벽을 알게 되었지
아스름 가슴 답답한 겨울 얼음 같은 차가운 벽
넘지 못할 벽이 내게도 수없이 다가올 것이라는 것을
어렴풋이 느꼈지

그때부터인가 담벼락을 타고 넘어가는 담쟁이 넝쿨을 좋
아하게 되었어
수많은 손바닥으로 무장 무장 벽을 짚고 오르는 그 강인함
에 놀라워
나는 무작정 담쟁이 넝쿨이 좋아졌어
나도 담쟁이 넝쿨이 되고 싶었어
어느덧 나는 담쟁이 넝쿨이 되고 있었어

담쟁이 넝쿨로 뒤덮인 집을 보면 우람한 나무 그늘이 되기
도 해

옹이가 있는 방

나의 방 소나무 기둥엔 툭 튀어나온 옹이가 있다
방은 편안해야 하는데 옹이가 몇 개나 있다
오며 가며 나의 머리에 박혀 자꾸 쳐다보게 만든다

살아생전 잔소리를 밥 먹듯 하시던 아버지
가셔도 나의 방 옹이로 박혀 나의 일거수일투족을 간섭한다
책을 읽을 때에도 책장의 먼지가 나를 불편하게 하고
현관의 어지러운 신발들이 나의 머리를 찌끈거리게 한다

딱따구리를 키워 저 옹이를 없애야겠다
나는 날마다 숲으로 가 딱따구리를 데려온다
종일 딱딱 옹이를 파먹으면 잔소리가 줄어들지 않을까
시간이 흘러도 옹이는 사라지지 않고
아직도 아버지를 이기지 못하는 나는
이제는 내가 옹이로 박혀 나에게 잔소리를 해댄다

신발 하나만 흐트러져 있어도 잔소리를 하시던 아버지
자유로움에 피를 토하며 딱따구리처럼 웅변을 하던 내가
어느 날 스님들 선방 주련에 쓰인

'조고각하照顧脚下'를 읽고 난 뒤 그 뜻이 너무 좋아

그때부터 들고날 때마다 신발을 가지런하게 고쳐놓게 되었다

그 이후 나의 방 옹이는 바람같이 사라졌다

있어도 없는 듯 구름처럼 여여히 살아가게 되었다

언어가 길을 가다가 비틀 비틀

언어는 믿을 게 못 된다는 것을 알면서도 오늘도 나는 그녀 없이는 못 산다.

언어는 똑바로 서서 가지만 가만히 보면 절뚝이처럼 절뚝절뚝 걸어간다.

언어는 뜻을 세우고 길을 가지만 가다가 힘에 부쳐 변절해 버리고 만다.

언어는 거울처럼 나의 얼굴을 그대로 보여 주지만 단면만 보여주는 등신이다.

언어는 삶을 그대로 비추기도 하지만 가다가 폭풍을 만나면 우산처럼 어이없이 부러진다.

언어는 즐겁게 웃어도 마음을 제대로 전달하지 못해 내 가슴에 한이 맺히게 하는 천치다

언어는 소중히 가지고 다니면서도 언제나 버릴 자세가 되어 있어야 하는 일회용 컵이다.

언어는 나의 진심을 전하는 것 같지만 가다가 등 돌리는 새빨간 거짓말쟁이이다.

언어는 한밤중 해맑간 달빛 아래 강을 건너게 해주는 고마운 작은 나룻배다.

언어는 그래도 나의 첫사랑에게 나의 마음을 전해주는 한 떨기 장미꽃이다.

언어는 세상의 비밀 정원을 살짝 보여주는 파아란 문이기도 하다.

내가 너에게 앙탈을 부려도 너는 나를 떠나지 않는 날개 달린 천사다.

나는 너를 통해 세상의 한 모퉁이를 건너고 너를 통해 삶의 기쁨을 노래한다.

우물 속에서
뜨는 달　　　이나열 시집

제4부

춤

텅 빈 천지에 춤이 저절로 나온다
쓸데없이 쓰던 사물 집기들 다 버리고
사방이 텅 빈
빈 몸
절로 구름을 타고 날아오른다
생명의 흐름을 탄 율려律呂가 절로 나온다

잠자리 날개처럼 가벼워진 몸
사방천지 훨훨 날아다닌다
바지랑대 끝에 고요히 한 점 무게도 없이
명상에 잠겨 보기도 한다
나는 우주의 한 티끌이 되어
마음껏 허공을 날아다닌다

빈 몸 속으로
절로 춤추며 우주가 들어온다

칡넝쿨

구석기시대 씨앗이 땅속에 잘 저장되었다가
최근에 발아되었다는 소식을 들었다
냉동고에 보관된 유전자가
새 생명을 잉태시켰다는 뉴스도 들었다

애착의 씨앗은 언제든지 발아한다
입으로 몸으로 마음으로
잘 못 뿌린 씨앗들이 너무 많다
전생에, 아니 몇 생을 거듭한 아득한 시간 전부터
나의 저 아랫배 속에 수없이 저장되어 왔다
언제든 발아할지 모르는 그 씨앗들이 무섭다

씨앗들이 자라나 줄기가 되고 잎이 되어
거대한 넝쿨로 자라
칡넝쿨이 나무들과 나무들을 휘감아 올라간다
온 산을 새카맣게 뒤덮어간다
나무들이 숨이 막혀 피를 토한다

어떻게 하면 그 모든 것들을 갚아낼 수 있을까

어떻게 하면 그 모든 것들을 끊어낼 수 있을까
나는 내가 태어나기 이전 저 깊은 심연 속으로
내가 없는 나를 찾아 들어간다

문이 닫혔다

열려있다고 다 열린 것은 아니다
열린 듯 닫힌 문
열려있을수록 닫혀 있는 문
분명히 문은 열려 있는데
나는 들어갈 수가 없다

닫혀 있다고 다 닫힌 것은 아니다
닫힌 듯 열린 문
열쇠를 채울수록 더 잘 열리는 문
투명인간처럼 나는 통과한다
나는 투명인간이 된다

열려 있어도 닫혀 있어도
모든 문은 왼쪽으로 열려 있다
모든 문은 오른쪽으로 닫혀 있다
나의 영혼이 하늘 높이 올라갈수록
문이 닫혀 있어도 열 수 있고
열려 있어도 닫을 수 있다

내 마음이 심히 불안할 때

문이 활짝 열려 있어도 문은 닫혀 있으며

내 마음이 지극히 편안할 때

문이 철통처럼 단단하게 닫혀있어도

나비처럼 훨훨 담을 넘을 수 있다

출입금지

지구가 경계의 울타리를 친다
사막의 낙타가 등짐이 무거우면 몸을 뒤틀 듯이
상처받은 지구가 꿈틀거린다
주소도 알 수 없는 구름이 떼 지어 몰려와
지상 여기저기를 사정없이 두드린다
아우성이 난무하다

대지의 여신 가이아는 바람 따라
아직도 돌아오지 않는다

나뭇잎 하나를 위해 온 우주가 매달려 있다는 사실을
망각해버린 인간은
오늘도 인드라망 그물을 찢고 있다
포크레인이 민들레 꽃, 엉겅퀴꽃을 짓밟고 지나간 자리에
해골탑은 무수히 일어서고
인간들은 희열에 들떠 있다

가이아 여신이 떠나고 난 뒤
어머니 자궁은 찢어지고

태아 시절의 행복이 그리워도
돌아갈 수 없다

화려한 마천루 솟아날수록
먹구름 하늘에서 종일 검은 비 내린다
가이아 여신이 흘린 눈물은
어느 집 변기통의 오물이 된다

다대포 물새

하늘 아래 공간이 텅 비었다
마음의 티끌이 순식간에 사라지고
내 마음 날개를 펴고 드넓은 바다로 날아간다

바다는 잔잔한 파도를 내 발 앞으로 몰아오는데
물새 한 마리 고적하게 날아온다

서쪽 하늘이 시나브로 붉게 물들어가고
파도 소리가 좋아 혼자 남는다
적막한 모래사장만 나를 둘러싸고
나의 말은 메아리도 없이 허공에 날아간다
파도는 자꾸 귀를 열어 오고
물새 한 마리 내 곁에 날아와 앉는다

텅 빈 모래벌판
허망한 바람 소리만 허공에 가득 찼다
노을은 점점 검붉은 빛으로 내려앉는데
나도 모르게 한 마리 물새가 된다
넓어서 더욱 고적한 물새 한 마리

세상엔 오고 가는 바람 소리만 무성하고
나의 메아리는 돌아올 줄 모른다

파도 소리와 하나 되어
물새 한 마리 적막하게 모래벌판에 남는다

의자

떠난다 먼 길 떠난다
비바람 모래바람 날리는 험한 길 떠난다
피곤한 몸 피곤한 다리
등나무 그늘 아래 언젠가 편히 쉬기 위해

떠나는 것은 의자에 편안히 앉기 위해서다
나그네 등 뒤로 의자가 수없이 날아다닌다
허공에 텅 빈 의자들 줄지어 있지만
사람들은 언제나 떠나야만 한다

의자는 머리에 꽃을 꽂고 그대를 기다린다
꽃은 싹틀 때부터 그대의 얼굴을 기억한다
꽃은 언제나 그대의 얼굴을 향하여 피어나고
꽃들은 저마다 그리는 얼굴이 있다

기다림은 찬연한 그리움
의자는 기다림의 원형, 즐거운 휴식
한결같이 품어주는 어머니 가슴이다
먼 길 갈 때 위안이 되는 그리움이다

〉
의자는 머리에 꽃을 꽂고 언제나 그대를 기다린다
만다라 꽃 한 송이 피어날 때까지

병풍

어두움은 어두움으로 더욱 어두워지고
밝음은 밝음으로 더욱 환해진다
나는 새롭게 세상의 문을 연다
빛은 호수 속에 또 다른 풍경을 그리고

가슴이 어여쁜 산새가 날아든다
강물은 꽃잎을 따라 남쪽으로 흐르고
시간은 레테의 강을 건너
내 안의 나, 깊은 동굴 속으로 들어간다

신선이 학을 타고 날아다니고
이른 아침 풀잎에 맺힌 이슬 머금은
바위틈에 피어나는 청초한 난초 꽃 하나둘
차가운 겨울 반짝이는 햇살에 피어난다

검은 바위는 천년 같은 침묵으로
어지러운 세상에 다시 태어난다
기러기 날아가는 깊은 어두움 속
나는 한 송이 꽃으로 피어 너를 기다린다

하늘 물빛

하늘로 가는 신발이 젖어있다
바다에서 가장 가까운 수직의 길이다
분주한 바다와 하늘의 숨결
나무들이 온몸을 흔들며 빨아들인다

기러기는 날아가다가 공중에서 쉰다
고생대 고사리 화석이 바람 속에 숨어 있다
날쌘 기러기는 쥐라기 시조새를 찾아 날아간다

수많은 물방울은
날아오르기 전 이미 떨어진다
떨어지기 위해 떨어진다 지상으로
땅 위의 모든 뿌리를 적시기 위하여
소낙비처럼 떨어진다

구름 속에 갇힌 바람도 비가 되어 떨어지고
기러기는 바닷속으로 추락한다
지느러미를 단 물고기들 하늘로 날아오른다

겨울밤 비온 뒤

깊은 밤 밖으로 나갔더니 방금 전 비가 왔다
겨울밤 비 온 뒤 공기는 청량하다
맑고 서늘함에 정신이 화들짝 깨인다
땅은 촉촉이 젖은 기운으로 두 눈을 반짝인다
발바닥은 가볍게 총총 빗줄기처럼 길을 간다

정원의 풀들이 푸르게 깨어나고
땅 위 검은 돌들이 까맣게 깨어나고
겨울눈들이 연둣빛으로 눈뜨기 시작한다
목련 나무 보송보송한
하늘로 눈을 뜨는 모습을 보면 한 소식 할 것만 같다

나는 싱그러운 정원 의자에 앉아
새로운 언어들, 파격적인 언어들, 신선함을 생각한다
칼날 같은 언어들, 비수 같은 언어들, 새 잎 같은 언어들
하늘을 나는 한 마리 새 같은 비상의 언어들
날으자 날으자 새로운 날갯짓으로 시를 쓰자

나는 한 마리 새가 되어

캄캄한 밝은 밤하늘을 높이 날아다닌다
황량한 검은 공간, 드넓은 하늘의 별이 되어
내 가슴에 다시 들어와 반짝인다
서늘하고 맑은 검푸른 하늘 한 조각
이 겨울밤 가슴 깊이 간직한다

겨울 아침에

이른 창문 밖 차거운 공기가 이마를 때린다
번개처럼 내리치는 서슬 푸른 바람의 칼날
이마는 날개를 달고 구름 위로 솟구치고
심장은 뜨거운 피 뜨겁게 땅을 적신다

뜰 앞의 빗살 무늬 창창한 가지만 남은 나목들
깊은 성찰에 굳게 다문 입술, 곧게 서 있다
차가운 바람에도
겨울눈 속에 가만히 눈을 뜨는 새 잎들
우리는 언제나 캄캄한 동굴 속에서도
두 눈 반짝이며 기다리는 푸른 봄이 있다

추적추적 내리던 겨울비 문득 멈추고
시간은 틈을 내기 시작한다
내 가슴은 태양의 황금마차를 몰고
하루를 촘촘히 달린다
책장은 한 장 두 장 나의 숨결에 넘어가고
그대 사는 마을에는 고양이가 울음 운다

이마에서 한 마리 새가 창공을 날아오르고

내 마음 깊은 산속 옹달샘에는

시시각각 생명의 에너지가 솟아오른다

수많은 나무들이 쑥쑥 자라나며

울울창창한 숲을 이루는데

나는 어느새 텅 빈 허공을 한 마리 새가 되어 날아오른다

모자를 신고

신발을 머리에 얹고
갈 길을 물었다지
어느 선사가
머리에서 흙이 뚝뚝 떨어지며
길을 가르쳐 줬을까

모자를 발에 신고
갈 길을 물으면 어떨까
하늘을 오고 가는 바람이 가르쳐 주지 않을까
공중을 가르는 새가 가르쳐 주지 않을까

싹이 트는 법을 흙이 가르쳐주고
꽃이 피는 법을 바람이 가르쳐 준다면
인간이 철이 드는 법은 누가 가르쳐줄까

사랑, 사랑이 그 길을 가르쳐 준다면 뭐라고 할까
인드라망 구슬 하나에 모든 그물의 구슬이 다 보인다

나의 얼굴은 볼 수 없지만 너의 얼굴은 볼 수 있다

너의 얼굴은 나의 얼굴

나의 얼굴에 너와 나 모두의 얼굴이 다 새겨져 있다

삼라만상의 얼굴이 다 나의 얼굴이다

남산 약수골 마애대불입상

부처님 계시는 곳까지
오르는 길 멀고도 가파르다
뱀이 꿈틀거리듯 끊어질 듯 이어지는 좁은 길
누가 이 높다란 곳에 이토록 갸륵한 길을 내었을까

바위를 타며 밧줄까지 잡으며 오르고 오른 정상
몸체만 8.6m인 거대한 마애불 부처님
신령스러운 기운이 사방에 뻗쳐있다
침묵 속에 설법 없는 설법을 하시니
지나가는 바람도 돌아와 귀를 모아 듣고
새들도 날아와 나뭇가지에 앉아 귀를 세우고 듣는다
나무들도 풀들도 부처님을 바라보며 두 손 모아 들으니
모두들 불법을 가슴 가득 품으며 푸르고 창창하게 자란다
이 야단법석을 뒤늦게 눈치챈
우바이 우바새 사부대중들
무설전無說殿 설법을 들으러 험한 길 마다 않고 찾아와
제일 말석에 앉아 있다

2천 년 전 이 높은 곳 가파른 바위에

높다랗고 커다란 부처님을 어떻게 새길 줄 알았을까
오직 부처가 되고자 하는 염원
부처의 뜻을 새긴 장엄한 뜻
시대를 관통하며 유장하게 흐르고 있다

스카프

    – 맨발의 춤꾼 이사도라

맨발의 새가 춤을 춘다
나의 스카프를 따라
맨발로 춤을 추며 새가 날아온다

스카프를 목에 두르고 길을 나서면
나도 춤을 추듯이 나풀나풀 길을 간다
날아가듯 신이 나는 것은
맨발로 뜨겁게 춤추는 그녀가 생각나기 때문이다

인적이 없는 숲속으로, 바닷가로 뛰어나가
벌거벗고 춤을 추면
바다도 나무도 새들도 그녀와 함께 춤을 추었지
오로지 자유로운 영혼으로 춤을 추었지

빵을 요구하며 겨울 궁전에 왔다가 학살당한 노동자들
비탄에 잠긴 그들이 관을 메고 줄지어 지나가는 것을 보고
슬프고도 끝없는 행렬에 뜨거운 눈물이 흘러내렸고
눈물은 다시 뺨에서 얼어붙었다
맨발의 춤은 그렇게 시작되었다

바다와 바람, 어머니가 피아노로 들려주던 음악
세리의 미모사, 꽃의 개화, 벌들의 비행
오렌지와 캘리포니아, 양귀비의 자유분방하고 찬란한 금
빛......
거리와 무대로 훨훨 날아다니는 한 마리 나비

몸을 거의 드러내며 흘러내리는 의상
신체를 숨기는 것이 오히려 외설적이지
자신의 몸은 예술의 성전

맨발이 피투성이가 되도록
관습에 도전한
소리와 빛처럼 만질 수 없는 자유스러운 춤

아프로디테 별이 빛날 때 태어난
자유로운 영혼은 모든 여성들의 선각자 되어
우리의 스카프에 다시 살아있다
토슈즈를 내던진 맨발의 춤꾼
놀랍고도 놀라운 해방된 춤꾼

설레임

설레임은 야생화 춤추는 들판, 흐르는 강, 생명의 약동이다.
설레임은 이 세계 푸른 나무들과 숲속 새들의 날갯짓이다
설레임은 이 세계의 비밀 정원으로 들어가는 작은 창이다
설레임은 나를 살아있게 하는 삶의 축복이다
설레임으로 나의 몸은 우주의 리듬을 타고 구름 위로 날아
오른다

내일 무엇을 할지 하나둘 생각하면 가슴은 뛰기 시작한다
난 내일을 뛰는 심장 박동으로 기대하며 설레임 속에 잠자
리에 든다
읽고 싶은 책을 한 권 구입해도 가슴이 뛴다
책이 올 때까지 설레는 가슴으로 기다리고 기다린다
마음에 드는 찻잔을 하나 구입해도 나는 설레인다.

설레임은 나의 영혼의 생생한 나툼이다
설레임으로 영혼은 나날이 기쁨으로 충만하며 상승해 간다
설레임은 내 몸의 자연스러운 원초적 생체리듬이다
설레임은 자연의 생명 리듬과 어우러지는 우주적 합일이다
설레임은 태초의 아름다운 음악 율려律呂다

〉

설레임은 이른 아침 창가에 와 지저귀는 종달새
설레임은 열정적인 작곡가의 마법 같은 즉흥적인 음악이다
설레임은 어느 화가의 일필휘지 한 폭의 그림이다
설레임은 마음이 가난한 시인의 한 편 시다

설레임은 우주의 운행과 하나 되어 살아 움직이는 증거이다
설레임은 진실 속에 살아가는 가슴 뛰는 생의 찬가이다
나는 밤하늘 별과 같은 꿈으로 설레임을 만나고 만난다
설레임은 워즈워드의 가슴 뛰는 무지개다.
영혼은 늙지 않는다.

설레임으로 나는 원초적 생명 리듬으로 춤추며
우주의 생명 리듬과 하나 되어 춤춘다
나는 나이면서 동시에 우주이다

손을 잡고

눈물을 잔뜩 머금은 바다
가슴속으로 스며들어 소용돌이치듯 출렁거린다
바다의 손을 잡고 수많은 모래성을 지나 구름 위 헤아릴 수
없이 많은
궁전을 구름처럼 웬종일 쏘다닌다

그대의 설레임이 내 가슴에 잔잔한 문양으로 여울진다
그대의 끄트머리 작은 항구 바닷가에 앉아 모래성을 쌓으니
그대는 다시 파도를 보내어 무너뜨린다
쌓으면 무너뜨리고 또 쌓으면 무너뜨린다
삶이란 본래 모래처럼 손가락 마디 사이로 새어나가 버리
는 것
차라리 구름 위의 수많은 계단으로 올라가 지상에 내려오
지 않으리
더 잘 부서지는 구름 궁전, 금방 다시 솟아나는 수없이 많
은 환상의 궁전에서 아름다움을 누리며 손을 잡고 하루 종일
쏘다닌다
그대의 본성을 그대가 만날 때까지

참된 자기를 찾는 둥근 길

구모룡(문학평론가)

참된 자기를 찾는 둥근 길

— 이나열의 시세계

구모룡(문학평론가)

　이나열의 시에서 자주 만나게 되는 시어 가운데 하나가 '길'이다. 길은 지향과 과정을 은유한다. 이는 목적지가 정해진 길과 다르다. 점과 점을 잇는 목적론과 거리가 있다. 시인은 시와 삶을 연속성의 원리로 인식하면서 마음의 진정성과 성실성을 중요하게 생각한다. 감정과 지각의 직접성을 표현하기보다 참된 자기를 찾아가는 도정을 기술한다. 이와 같은 시적 도정에서 기존의 관념이나 지식은 장애가 될 수밖에 없다. '길'의 대척에 '책'이 놓이는 까닭이 여기에 있다. 가령 「책상 하나」, 「또 다른 방」, 「밤하늘」 등의 시편은 책과 활자의 세계에 대한 시인의 생각을 말한다. "사막엔 책상이 하나 있다"로 시작하여 "나의 모래 서재엔 덩그머니 책상만 하나 있다"로 맺는 「책상 하나」는 '서재'를 '사막'에 견준다. 시적 화자는 "책은 텅 비었다", "글자는 공허한 것", "글자는 모래", "풀풀 바람에 날리는 모래"라고 말한다. 사막과 같은 서재에서 그는 "사막 위를 걸어가는 사람"이다. "책을 읽지 않기 위해/책상에 앉지 않기 위해/오늘도 먼 길 마다 않고 걸어 다닌다/사막 위를 마냥 걸어 다닌다.” 책이 모래가 되어 흘러내리는 불모의 서재는 시인의 내면이 투영된 이미지이다. 그만큼 추상화를 거부하고 구체적인 생의 감각에 대한 열망이 크다는 사실을 반영한다. 이는 「또 다른 방」이 제시하는 “나의 책”으로도 해명이 된다. 시인에게 책은 활자로 채워진 지식 덩어리가 아니라 “깊은 어두움 속 텅 빈 대지”와 같이 두꺼운 지층을 품고서 생명을 자라나게 하는 장소이다. 이러한 장소에서 “밤은 하늘같이 열어 놓으면서 땅같이 감추고 있다”는 구절이 말하듯이 안으로 심연을 읽고 밖으로 초월을 꿈꾼다. 시인에게 대지와 밤하늘은 등가의 이미지이다. 심연을 찾아가는 길이 초월의 길과 다르지 않다. 그래서 궁극적 지향으로 “별은 빛나는 나의 책상”이고 “밤하늘은 아득한 영혼의, 영혼의 고향”(「밤하늘」에서)이라는 시구를 얻는다.

　「한밤중에」 연작 두 편은 ‘시작에 관한 시meta-poem’라고 할 수 있다. 각각 시작의 과정과 의도를 제시한다. 「한밤중에·1」에서 “시를 쓴다/캄캄한 한밤중에 홀로 앉아/나비처럼 하늘하늘 날아오르는 시를 쓴다”라고 진술함으로써 시인은, 일상을 이격하고 자기와 대면하면서 비상을 꿈꾸는 과정에서 시를 만난다. ‘한밤중’이라는 정황은 단독자의 위치를 조성하며 「한밤중에·2」가 말하고 있듯이 물상들이 지워진 허공에서 존재와 세계의 진실을 찾으려는 시인의 의도를 드러나게 한다.

　　침묵이다/나무들도 새들도 꽃들도 말이 없다/귀뚜리마저 소
　　리를 삼킨 적막한 밤/홀로 가부좌로 어둠과 대면한다/나의

신경은 모두 하나로 모여든다/한점으로 모여들어 드디어 불
붙는다/책 속의 글자들이 공중에 연기로 사라진다/나의 의
식도 정점으로 모여들어/허공에 흔적 없이 사라진다/내가
텅 빈다//비어가는 시간과 공간/나의 모든 경계도 허물어지
고/캄캄한 한밤중에 나는 나를 떠난다/수없이 떠나고 떠난
다/텅 비어버린 뒤/저 깊은 우물 속에서 참된 나가 드러난다
/진아眞我가 보이고/네가 보이기 시작한다/세상이 보인다/태
평소, 북, 장구 소리 들린다/어우러진 축제의 밤이다

— 「한밤중에 · 2」 전문

이 시에서 두드러진 시어는 "참된 나" 혹은 "진아眞我"이다. 시
인의 의도를 집약하고 있는 이 말을 통하여 시인이 시를 쓰면서
진정한 자아를 찾으려 함을 알 수 있다. 두 가지 길이 있다. 그
하나는 현재의 삶에서 벗어나 떠나는 길이고 다른 하나는 모든
것이 지워진 밤의 통찰을 얻는 길이다. 밤의 통찰은 낮의 사회적
자아를 지우는 과정에서 이뤄진다. 침묵과 어둠의 대면, 의식의
집중과 비움으로 경계를 허문다. 이를 통하여 은폐되었던 내밀
한 가능성이나 본연의 자신에 접근한다. 이같이 현상학적 환원
을 닮은 수행으로 페르소나를 벗고 관계를 해체하여 "참된 나"
와 만난다. 이는 고통을 동반하는 의지적 행위이기도 하지만 심
연의 환희를 불러오는 "축제"이기도 하다. 물론 진아와의 만남
은 단속적斷續的이다. 텅 빈 허공과 만나는 일은 힘겹고 위험하
다. 내면의 "깊은 우물 속에서 참된 나"를 건져내는 일은 마치 볼
수 없는 달의 이면에 도달하려는 갈망처럼 요원하다. 반복되는
도로徒勞에 그칠 공산도 크며 또 다른 환상으로 귀결될 수도 있

다. 「우물 속에서 뜨는 달」이 말하고 있듯이 초월을 향한 길을 지우고 다시 길을 내는 행위를 거듭하고 심연을 향한 "수많은 길"을 다 걷어내면서 "우물 바닥에서 커다란 달이 떠오른" 사건과 접한다. 초월의 원심력과 심연의 구심력이 상호작용하는 광경이다. 여닫는 합벽閻闢의 긴장된 변증법을 지속한다. "먹구름이 다 걷히고 나면/내 마음 속 깊은 곳/비밀스레 숨어있던 달이 뜬다/마음 속 우물 바닥에서 둥근 달이 떠오른다/둥글고 밝은 달은/구름을 헤치고 천천히 하늘 길을 간다." 또 다른 시편인 「열린 문 뒤에는 닫힌 문이 있다」의 전언처럼 심연과 초월이 순환하는 경로인데 주체의 입장에서 볼 때 지난한 수행의 표현이 아닌가 한다.

밤을 거슬러 심연에 이르는 길과 더불어, 시인은 시적 자아를 찾아가는 여러 가지 지향을 모색한다. 현재의 자아에서 벗어나려는 방법이라는 점에서 심연을 지향하는 시적 궤적과 같다. 대개 나르시시즘적 표현 주체를 극복하는 일은 기억을 소환하는 데서 비롯한다. 이나열도 고향과 유년, 기억 속의 원초적 자아, 기원의 생명과 어머니 등을 회억하는 과정을 통하여 현재의 자아를 반성한다.

나는 걸어갔다/그 먼 길을 향하여 찾아갔다/메마른 시멘트 길은 솟아오르더니/멀리멀리 사라져 갔다/오래도록 기억에서 사라지지 않는 풍경/따스한 어머니 젖무덤으로 가는 길/어릴 적 소꿉친구들 모습 물같이 흐르고/조가비와 풀잎들은/하얗게 구름 조각으로 내 눈앞에 부서진다//돌담 틈 사이로/유년의 얼굴들 하나씩 떠오르고/다시 하나씩 바다 언덕 너머로 사라진다/기차는 뚜뚜 길게 멀어져 가고/그리움 속에

먼 고향의 풍경은 생생하게 살아난다/도시가 발달할수록 잊어버리기 쉬운/넓은 들판 같은, 맑은 강 같은 마음씨/고향에 가까이 다가갈수록/빠르게 달리던 나의 생각도 멈추게 된다//천천히 돌담이 있는 풍경에 다다르면/나는 나의 본래 모습으로 돌아온다/정겨운 흙길의 돌담 아래 서면/탁한 나의 모습은 다시 맑아진다/돌담으로 기어가는 담쟁이덩굴 아래 서면/멀리 멀어져간 나의 모습은 제자리로 돌아온다

— 「돌담이 있는 풍경」 전문

이 시의 지평은 "오래도록 기억에서 사라지지 않는 풍경"을 향한다. 1연과 2연 그리고 3연은 순차적으로 의식의 진전을 보인다. 1연이 풍경 속의 구체적인 추억의 색인들을 나열한다면 2연은 그 풍경의 지각으로 인한 마음의 변화를 드러낸다. "고향에 가까이 다가갈수록/빠르게 달리던 나의 생각도 멈추게 된다." 현상학에서 말하는 판단정지처럼 현재의 자아 혹은 사회적 자아를 탈각하는 계기가 생긴다. 마침내 3연에 이르러 시적 화자는 "나의 본래 모습으로" 돌아오고 있음을 진술한다. "탁한" 자아가 맑아지고 "멀리 멀어져간 나의 모습은/제자리로 돌아온다." 어떻게 이러한 일이 가능한가? 그것은 유년이나 고향이 지닌 본디 경험과 원초성이 지금의 자아를 되비추기 때문이다. 그래서 서정시인은 순수의 시대를 회억回憶한다. 서정을 주관성에 더하여 회감回感의 양식이라고 하는 연유가 여기에 있다. 하지만 시인은 과거에 붙박이지 않는다. 심연의 깊이가 초월로 순환하듯이 과거의 순수지속에서 나와 바깥의 풍경을 통하여 시적 자아의 지평을 확장한다. 「길을 가며 가며」가 말하는 "순수"를 추구하는 "마음 가는 길"이 있다. 이는 원초적인 장소에 상응하는 본디 빛

깔의 세계에 대한 갈망과 다를 바 없다. 이 시의 결구가 말하는 바, "추억처럼 자연은 펼쳐지고/당산나무 아래 두 발을 모으고 빈다/만물을 키우는/대지모신 사랑은 모난 돌을 감싸고 감싼다"와 같은 지향이다. "만물을 키우는/대지모신 사랑"은 자아의 심연, 순수 유년 공간과 더불어 서정의 동심원을 그려낸다. 이들 시적 지향들은 순차적으로 볼 수 없으며 모두 낡고 때 묻은 사회적 자아로부터 진정한 자아를 찾아가는 과정에 대등하게 참여한다. 내재적인 추억과 외재적인 풍경 사이에 교차하는 시적 자아가 있다. 여기서 우리는 대지모신의 사랑을 발명한 일을 중요하게 떠올린다. 추억을 통하여 얻어낸 사랑이다. 이는 과거에도 속하고 현재와 미래에도 속한다. 그렇지만 가시적인 형태는 아니다. 「길 없는 길」에서 시적 화자는 "지상엔 길이 있어도 길이 없다/하늘엔, 바다엔/하얗고 파아란 길이 있다"라고 진술한다. "진정한 길이란 눈에 보이지 않는다고/길은 허망할 뿐이라는 것을" 의미한다는 말이다. 마치 노자가 도道를 도라고 말하면 도가 아니라고 한 말에 비등한다. 이러한 시적 진술 과정에서 다음과 같이 등장하는 결구가 의미심장하다.

> 길은 어디에도 없으며/내가 걸어가는 길만이 길이라는 것을
> /난 나만의 길을 만들기 위해/오늘도 나의 내면 깊숙이 바닥
> 까지 침잠한다/앞서 간 모든 길을 등지면서
>
> – 「길 없는 길」 부분

마치 눈 내리는 산길을 걷듯이 시적 화자는 앞선 길을 지우며

길을 걷는다. 참된 나를 찾는 시적 도정이다. 추억에서 자연으로 이어지는 데 '대지모신의 사랑'이 있었던 일처럼 시인이 추구하는 시적 지평에 생명, 물, 허공, 영혼 등이 배치되는 일이 순조롭다. 이는 먼저 물의 상상력으로 표현되기도 한다. 「물속에 길이 있다」에서 시인은 길을 물의 상상력으로 푼다. "길은 없다 어디에도 길은 없다/그러나 길은 있다/나답게 살아가는 것이 나의 길이다/물속에 길이 있다"라고 말한다. 연어가 회귀하여 새로운 생명을 탄생하듯이 시적 화자는 "다시 태어나기 위해/어릴 적 아스라한 기억을 더듬어/영혼의 고향으로" 돌아온다고 한다. "영혼의 고향, 집으로 돌아가는 길"은 그러므로 신생의 길이다. 이는 "진초록" 생명과 삼라만상의 바탕이자 기원인 허공으로 이어진다. "길을 따라 길을 걷다 보면/길이 또 길을 내게 된다/문득 길이 사라지고 길이 끝나는 지점/진초록 나무 한 그루 하늘로 걸어 올라간다"(「진초록의 나라」에서). "길 없는 길/허공에서 찾는다"(「신발」에서). 이리하여 시인은 존재와 사물의 궁극을 추구하게 된다. "고독한 수사처럼 길 위에" 서서 존재의 이면인 허공을 만난다. 물의 스밈과 같이 모든 존재에 스며들어 있는 허공은 존재를 키우고 빛나게 하는 근원이다. 「나목」을 통하여 시인은 허공에 관한 시적 자각을 뚜렷하게 표출한다. 허공이 존재가 생성하고 회귀하는 궁극이라는 인식. "너는 허공에서 나와 허공으로 돌아가니/허공을 온몸으로 껴안고 나에게로 다가와/하늘로 가는 길을 가르쳐 준다/직립으로 뻗어가는 날개 아닌 날개/하늘로 치솟는 숱한 수직선의 날개들". 나목의 이미지에 투사된 시인의 마음이다. 심연과 초월이라는 두 시적 테제가 존재, 허공, 영혼의 문제로 비약한다.

진정한 자기와 만나려는 시인의 갈망은 관념과 지식으로 추상화, 형해화, 고갈된 삶으로부터 구체적인 지각과 실감을 얻으려는 노력과 연관되며 사물에 대한 새로운 사랑의 발명으로 표출된다. "사랑, 사랑이 그 길을 가르쳐 준다면 뭐라고 할까/인드라망 구슬 하나에 모든 그물의 구슬이 다 보인다."(「모자를 신고」에서) 이러한 시적 진술이 말하듯이 시인의 사랑은 "삼라만상의 얼굴이 다 나의 얼굴"인 "인드라망"(「모자를 신고」에서)의 형상을 한 제유提喩이다. 부분들이 내적인 연관성에 의해 유기적인 전체로 이어져 있다. 그래서 시인의 자아 탐구가 일상과 사물을 배격하는 앙상한 회의주의로 흐르지 않는다. 오히려 존재에 대한 사랑과 사물에 대한 민활한 지각이 두드러진다. "들꽃 한 송이에 삶의 생동하는 기운을 충전" 받으며 "변함없이 반복되는 일상은 신의 은총"(「봄의 소리」에서)이라고 생각한다. "갈대꽃"에서 "억만년 깊숙한 늪의 내면"을 떠올리고 "갈대밭 늪지"에서 "작은 신들의 숨결"(「갈대꽃」에서)을 느낀다. 시적 화자의 입을 빌려 시인은 말한다.

> 나는 내 안의 참된 나를 끝없이 노래하리라/주위의 풀과 나무와 새와 강가의 모래를/저 푸른 하늘과 내 마음속 눈부신 하늘을/나는 늘 빛 속에서 살면서 빛을 노래하리라
>
> ― 「나는 빛을 꿈꾼다」 부분

어떤 의미에서 역설을 담은 진술이다. 이러한 결구에 도달하는 시적 과정에서 화자는 "잃어버린 나"를 찾아서 "내면 가장 깊숙한 곳"으로 내려가는 존재론적인 모험을 마다하지 않는다. "심층 심리"의 바닥에서 "참된 나"를 건져 노래하겠다는 의지의 표

명이다. 고통의 심연에서 만나는 "찬란한 빛"으로 환희의 생명을 구가하는 일, 이는 금강석 같고 진주 같은 의지의 결정에 다를 바 없다. 인고의 기다림이 수반되고 충족되지 못하는 그리움으로 고뇌한 결과이다.

> 누구든 본성을 향한 그리움이 있어/영혼의 고향에 대한 그리움이 있어/그렇게 허한 가슴을 비벼대는 것이다//황량한 벌판을/내달려가는 바람 소리/아우성치는 파도 소리/그 소리 깊숙이 아래로 침묵을 찾아간다//시간과 공간이 끊어진 자리/달빛이 내 몸속으로 찬란히 스며들어오고/고래 배 속으로 내가 들어가/한가로이 숨 쉬는 소리가 들려온다//아득히 먼 지구 저편 어머니 우주가 시작되었듯이/머나먼 자궁 속에서 내 몸의 세포가 춤추고/나무와 산과 강이 섞여들어 하나로 춤춘다//발바닥보다 더 깊은 영혼의 고향으로부터/나를 벗어난 나의 그리운 목소리 들려온다
>
> –「그리움」 전문

본성과 영혼의 고향에 대한 그리움은 늘 중요한 시적 계기이다. 욕망이 그러하듯 그리움 또한 결핍의 다른 이름이다. 시원의 장소나 침묵의 공간으로 자아를 이끌어가는 까닭이 무엇일까? 생명의 근원에서 발산하는 환희를 얻기 위함이 아니겠는가? 자기 안에 깃든 또 다른 자기를 찾아서 시적 화자는 심연을 향한 모험을 지속한다. 그 궁극의 관심은 생명의 만다라가 춤추는 풍경이다. 하지만 사회적이고 경험적인 자아는 존재의 질곡 속에 있다. "나를 벗어난 나의 그리운 목소리"를 들을 뿐이다. 그리움

은 기다림의 양식이다. 스스로 찢어지는 시간 속에서 고통스러운 흔들림을 지속해야 한다. 그게 인간의 조건이자 시인의 조건이다. "들판의 작은 꽃 한 송이도 온전히 자신을 꽃 피운다/꽃 한 송이보다 나를 표현해내지 못하는 나"가 의미하듯이 "자신을 제대로 발현하는 한 송이 꽃"(「듣는다」에서) 앞에서도 절망한다. 그만큼 생명의 심연은 미지의 영역이다. 다시 시인은 말한다. "오늘도 본성을 따라/나를 나타내며 길을 가나니//옛 고향에 두고 온 나를 찾아갈 뿐이다/태어나기 이전의 나에게로 돌아갈 뿐이다."(「아무 생각하지 말고」에서) 이처럼 본성을 향한 "성찰의 시간"(「이 가을에 2」에서)은 끊이지 않는다. "내가 없는 나를 찾아" "저 깊은 심연 속으로"(「칡넝쿨」에서), "내 안의 나, 깊은 동굴 속으로"(「병풍」에서) 나아간다.

이나열은 참된 자기를 찾는 시적 도정에 있다. 소우주인 몸의 심연은 대우주의 자리이다. 이를 그녀는 본성의 세계라고 생각한다. 그녀가 바라보는 현실 세계는 "모래"로 만들어진 "모래성", "모래탑"(「책을 읽으면서」에서)과 같다. 생명이 고갈되고 본성이 사라진, "가이아 여신이 떠나고"(「출입금지」에서) 없는 "파괴된 자연, 병들어 앓고 있는 지구"(「북소리」에서)에 다름이 없다. 그녀의 시는 황무지와 같은 시적 상황에서 "대지모신에게로 향한 지극한 그리움"과 같은 "푸른 메시지"(「섬」에서), "생명의 흐름을 탄 율려律呂"(「춤」에서)이기를 갈망한다. "원초적 생명 리듬으로 춤추며/우주의 생명 리듬과 하나 되어" "나는 나이면서 동시에 우주"(「설레임」에서)인 궁극을 지향한다. 그러므로 그녀의 시는 사랑과 비상의 꽃 피는 몸짓이다.